SATIRES NOUVELLES.

AVEC

UNE ODE SUR L'HEUREUSE
convalescence de Monseigneur
le Dauphin.

Par le Sieur D***

A PARIS,
Chez Jacques Collombat, Imprimeur ordinaire de
Madame la Duchesse de Bourgogne, ruë Saint
Jacques, au Pelican.

M. DCCI.
AVEC PERMISSION.

SATIRES
NOUVELLES
Du Sieur D * **

SATIRE I.

LE DEMOCRITE MODERNE,

Sur les diverses folies des hommes.

*QUOY? viendras-tu toûjours, sur le ton d'He-*
  raclite,
M'exprimer ton chagrin, que chaque objet irrite?
Je deplore, dis-tu, tant de malheurs divers;
On ne voit presque rien qui n'aille de travers:
La raison, le bon sens à peine osent paroître,
Et l'homme n'est rien moins que ce qu'il devroit estre.
Ajoûte, si tu veux, imitant Despreaux,
Que l'homme est au dessous de tous les animaux;
J'en conviens. N'as-tu point de plus puissantes armes
Pour me faire approuver ton chagrin & tes larmes?
Si tu vois ces malheurs des yeux dont je les voy,
Tu prendras le party d'en rire comme moy.

   Et pourquoy n'en point rire? eh! qui peut s'en deffendre,
Damon? il faut sans doute avoir l'ame bien tendre,

A ij

Pour venir m'exprimer, par un regret preſſant,
Un mal qui fait plaiſir à celuy qui le ſent.
L'homme te fait pitié : mais parlons-en ſans feindre.
Cet homme que tu plains eſt-il ſi fort à plaindre ?
Quoy ? cet Ambitieux, pourſuis-tu, qui toujours
De la ſourde Fortune implore le ſecours ;
Cet Avare agité du demon qui l'obſede,
Soy diſant poſſeſſeur de l'or qui le poſſede ;
Ce Vieillard qui déja ſur le bord du tombeau,
Veut, graces à l'Hymen, renaître de nouveau ;
Sont-ce là des ſujets propres à faire rire ?
Ouy, Damon, & de plus vrais ſujets de Satire.
Eh quoy ? pour eſtre fou l'homme eſt-il malheureux ?
C'eſt ſon égarement qui comble tous ſes vœux.
La raiſon dans ſa tète eſt un meuble incommode ;
Il faut que de chimere il ſe berce à ſa mode ;
Qu'au gré de ſon caprice il ſe laiſſe entraîner.
Quoy ? ſon plus grand malheur, la morale eſt jolie,
C'eſt pour ſouverain bien établir la folie,
Me dira Thraſeas, qui pour bien ſouverain
Propoſe une vertu dont il ſe pare en vain :
Mais bien loin qu'il m'oblige à changer de langage,
Je dis que ſa folie eſt de ſe croire ſage.
*   Mon ſentiment ſubſiſte, & je jurerois bien*
Que je puis l'avancer ſans que je riſque rien :
Dés long-temps d'icy-bas la Sageſſe exilée
Nous ôte tout eſpoir de l'y voir rappellée ;
Cette auſtere vertu n'eſt pas faite pour nous,
Et, pour trancher le mot, tous les hommes ſont fous.
*   Je ne t'avance rien qu'aiſément je ne prouve.*
Tien, le premier objet qui ſous mes yeux ſe trouve,
Me fournit ſur le champ dequoy te contenter ;
C'eſt cet Ambitieux que tu viens de citer.
Qu'il eſt fou ! ſon eſprit fait des projets ſans nombre ;
Sans ſe laſſer jamais il court aprés une ombre ;
Et ſemant dans un champ qui ne porte aucun fruit,
Il cherche la grandeur quand la grandeur le fuit.
Si tu l'en crois, Damon, demain il eſt en place ;
Il n'a qu'un pas à faire, il eſt temps qu'il le faſſe,
Il ne vit que d'eſpoir ; & ſon cœur incertain

Attend depuis vingt ans cet heureux lendemain.
Cependant sur son front la Parque meurtriere
Annonce par écrit la fin de sa carriere ;
Et pour prix de ses soins, je m'attens que le sort
S'avise de luy rire une heure avant sa mort.
Ne vaudroit-il pas mieux qu'à ses dépens plus sage
Il commençât de vivre au declin de son âge ?
Que regagnant ses champs pour y planter ses choux,
Il fist rayer son nom de la liste des fous ?
Mais c'est ce que de luy je n'oserois attendre ;
Du premier pas qu'on fait le dernier doit dépendre ;
Ce que le berceau donne, on le rend au tombeau,
Et, comme le Renard, l'Homme meurt dans sa peau.

   Veux-tu qu'à ton Avare en même temps je passe ?
Pour qui sont ces thresors qu'avec soin il entasse ?
Ceux dont il va bien-tôt grossir les revenus
Sous le nom d'heritiers, luy sont presque inconnus.
Car tu sçais que son or, seul maître de son ame,
Luy tient lieu de parens, & d'enfans & de femme.
Il est vray qu'il voulut un jour s'assujettir
A prendre une moitié : mais, à ne point mentir,
La faim fait trop de peur ; on ne s'empresse guere
A regorger de biens pour mourir de misere ;
Et les femmes sur tout aiment les bons repas :
Une seule, dit-on, que l'on ne nomme pas,
S'offrit à l'épouser avec beaucoup de-peine,
Pourvu qu'il luy promît de mourir en huitaine ;
Ou qu'il mît en dépôt cent mille écus comptans,
Pour acheter le droit de vivre plus long-temps.
Je te laisse à penser s'il en accepta l'offre.
Il court à son logis, il consulte son coffre ;
Et pour vivre à l'abri d'une si dure loy,
Il jure à son tresor une eternelle foy.
S'il promit, il prit soin de tenir sa parole.
Le voilà donc tout seul avec sa chere idole ;
Ses futurs heritiers, grands donneurs de bon jour,
Par luy sont dispensez de luy faire la cour.
Et ne suffit-il pas que pour eux il travaille ?
Qu'il leur garde un froment dont il mange la paille ?
Qu'un jeûne volontaire avançant son trépas,

Bien-tôt les autorise à vivre gros & gras ?
Et que n'ofant nourrir une méchante roffe,
Il foit toujours à pied pour les mettre en carrôffe ?
Je fupprime le refte, & pour moins de raifons
Tous les jours on en loge aux Petites-Maifons.
    Je viens à ton Vieillard, qui prefqu'octogenaire,
Pour époufer Dorine eft affez temeraire :
(Car c'eft elle fans doute) elle a l'efprit joli,
Et fon troifiéme luftre à peine eft accompli.
Pour luy, malgré le poids de l'âge qui l'accable,
Il trouve que l'hymen eft un joug tout aimable ;
Et la glace des ans ne deffend pas fon cœur
Contre le doux poifon d'une fatale ardeur.
En un mot il l'époufe, & de fon mariage
Il s'attend que bien-tôt le Ciel luy donne un gage,
Je ne fçay fi le Ciel exaucera fes vœux ;
Mais ce gage futur fait trembler fes neveux.
Le pere putatif (& moy-même j'en tremble)
N'aura pas le plaifir de voir s'il luy reffemble,
Et fe verra contraint par la loy du trépas
D'enrichir un enfant qu'il ne connoîtra pas,
Heureux de vivre encor dans un autre luy-même,
N'eft-ce pas là, Damon, une folie extrème ?
De pareils époufeurs malgré quatre-vingts ans,
Ont-ils dans leur cervelle une once de bon fens ?
    Et tu les plains, Damon, quand il eft temps d'en rire !
Paffe pour ces deffauts que tu viens de décrire,
Diras-tu ; je conviens que cet Ambitieux
Dans fes vaftes projets eft rifible à nos yeux ;
Je veux bien confentir à moins plaindre un Avare,
Qui n'éprouve de maux qu'autant qu'il s'en prépare.
Le Vieillard époufeur me paroît à fon tour
Digne d'eftre joüé pour fon bizarre amour.
J'en ris ; mais jufques là fi je puis me contraindre,
Tant d'autres malheureux en font-ils moins à plaindre ?
Malheureux ! à leur fort donne d'autres ceuleurs ;
Leur folie en plaifirs change tous leurs malheurs :
Je te l'ay déja dit, & veux te le redire,
Damon, de tous les maux la raifon eft le pire,
Son importun fecours eft toujours dangereux,

Et je ne plains enfin qu'un sage malheureux.
 Tu ris de cet essor d'une verve insensée ;
Mais je me trompe bien, ou voicy ta pensée,
Damon, si j'ay dit vray, tous les hommes sont fous ;
Je n'en exclus aucun quand je les nomme tous.
La consequence icy se tire d'elle-même,
Donc ils sont tous heureux, supposé mon sistème.
Tu raisonnes fort juste, & je ne pretens point
de tout ce que j'ay dit retracter un seul point.
Mais si tu veux enfin qu'à mon tour je raisonne,
Ma cause, que je croy, ne sera pas moins bonne.
 On nous a dit cent fois, & cent fois repeté,
Que le bien est l'objet de notre volonté ;
Et que nous ne donnons au mal la préference
Qu'autant qu'il sçait du bien emprunter l'apparence.
Doncques l'homme insensé, dans son plus triste sort,
N'est point du tout à plaindre ; & je conclus d'abord
Qu'il faut que le malade aime sa maladie,
Puisqu'il ne peut souffrir que l'on y remedie.
 En effet de Sapho tente la guerison ;
Ote-luy sa folie, & rends-luy sa raison.
Tu sçais quelle fureur dérange sa cervelle ;
Elle se croit sçavante, & veut passer pour telle :
Tu ferois mal ta cour d'aller luy reprocher
Qu'elle a perdu l'esprit à force d'en chercher.
Tu la verrois d'abord éclater en injures ;
Elle t'accableroit de cinq ou six Mercures,
Qui de ses beaux talens connoissant mieux le prix,
Malgré toy l'ont admise au rang des beaux Esprits.
Ne luy dispute point ce glorieux partage,
A n'en parler jamais on gagne davantage :
Une digue opposée irrite ce torrent ;
Et comme elle cherit cet éclat apparent,
Mille sots qu'elle voit flatter sa maladie,
Luy donnent tant d'encens, qu'elle en est étourdie.
C'est en vain qu'un Censeur par elle est consulté,
Ce n'est pas aujourd'huy qu'on dit la verité,
Damon, c'est un Phœnix qu'un intraitable Alceste,
Qui, bien loin d'applaudir à des Vers qu'il deteste,
Dise : J'en pourrois bien faire d'aussi méchans,

Mais je me garderois de les montrer aux gens.
Je veux bien toutefois que ce Phœnix se trouve;
Qu'il blâme hautement ce qu'un flatteur approuve:
Que luy sert de parler, s'il croit n'avancer rien?
On blanchiroit plûtôt un Ethiopien;
Il fera cent fois mieux de ne pas l'entreprendre.
Les sifflets du Parterre ont-ils gueri Timandre *?*
On a cru vainement le faire succomber;
On l'a vû par deux fois s'élever, & tomber.
Qu'importe ? il ira bien jusques à la troisiéme;
Rien ne peut l'arrèter dans sa fureur extrème;
Il sçait trop ce qu'il vaut, il accuse par tout
Le siecle d'injustice, ou de fort mauvais goût:
Et la plume à la main, pour confondre l'envie,
Il prendra, s'il le faut, tout Paris *à partie.*

   Un autre fou m'appelle, & d'un burlesque trait
Je voy qu'il me convie à faire son portrait.
C'est Ariston. *O Ciel! que son sort me fait rire!*
Et qu'il me paroit propre à peupler Antycire *!*
Sa passion extrème est la fureur du jeu;
En vain d'y renoncer cent fois il a fait vœu:
Certain présentiment au fond du cœur le flatte
Que la Fortune enfin va cesser d'estre ingrate;
Que pour le rendre heureux elle est prète à changer;
Qu'elle a, comme l'Amour, son heure du Berger.
Charmé de cet espoir, il court en diligence
D'un traitre Pharaon *essuyer l'inconstance;*
Il entre chez Julie, & découvre soudain
Bien des fous comme luy les armes à la main.
L'assaut est tentatif, le Banquier plein d'adresse,
De deux mille Louïs forme une Forteresse:
La plus avare soif trouve à se contenter,
Et le riche butin invite à l'emporter.
Il s'asseoit, il prend carte; & le destin perfide,
Pour le mieux engager, en sa faveur decide.
Sur cette carte heureuse il fait d'abord un ply;
Elle luy fait encor gagner le Paroly.
Il aspire plus loin, deux cornes d'abondance
Jusqu'au Sept *& le* Va *luy font pousser la chanse.*
Il l'emporte, & son cœur se flatte en ce moment

Que le Quinze & le Va viendra pareillement.
Si jusques-là le fort eût rempli son attente,
Quatre Louïs risquez en rapportoient soixante ;
Mais il fait volte face, & tout le gain s'enfuit ;
L'ouvrage de trois coups par un seul est détruit.
Le confus Ariston, à ce revers funeste,
Jure entre cuir & chair, contre soy-mème il peste.
Si de l'espoir du gain les yeux moins éblouïs,
Il eût sçu se borner à ces trente Louïs,
De son guignon peut-être il eût rompu le charme.
Pour réparer ce coup, d'autres cartes il s'arme ;
Mais le fort le poursuit avec tant de fureur,
Qu'à peine il fait tourner un coup en sa faveur.
C'est alors qu'il commence une affreuse carriere,
Son ame à son Lutin se livre toute entiere ;
Et le traître de jeu luy devient si fatal,
Qu'il ne fait du Brelan qu'un pas à l'Hôpital :
Car comme il a recours à des prêteurs sur gage,
Il sçait en peu de temps achever son naufrage ;
Et contre cet écueil se hâtant d'échoüer,
Le voilà pour toujours dispensé de joüer.
Il avoit jusqu'icy bravé tout autre obstacle ;
C'étoit à l'indigence à faire ce miracle.

Mais sur Timocreon jettons un peu les yeux ;
C'est un fou, qu'à bon droit j'appelle furieux.
Que Paris en produit, Damon, de cette espece !
La rage de bâtir qui l'agite sans cesse,
Dans ses vastes desseins mesure, embrasse tout ;
Il poussera bien-tôt l'Architecture à bout.
Elever, démolir, changer d'ordre & de place ;
Au rond comme au quarré donner toute autre face ;
De goût tantôt moderne, & tantôt ancien ;
Estre envieux de tout, n'estre content de rien,
C'est son portrait. En vain tant de projets immenses
Aux dépens du Public consomment ses finances ;
Rien ne l'arrètera dans son rapide cours ;
Il bâtit, c'est assez, il bâtira toujours,
Si le Prince attentif ne presse enfin l'éponge :
Alors ses grands projets s'enfuiront comme un songe,
Qui, chimeriqüe fruit d'un trop heureux sommeil,

B

Se perd dans un instant, à l'aspect du Soleil.

    Autre fou qui survient, c'est Criton au teint blème,
Plus sec qu'un Penitent échappé du Carème.
Devine d'où luy vient sa livide couleur,
Damon, trop d'embompoint a causé sa pàleur.
Ah qu'il se portoit bien quand il étoit plus sage !
Un teint toujours fleuri coloroit son visage :
Mais il devint si fou, qu'il fut s'imaginer
Que d'un feu devorant il se sentoit miner,
Et que par cette ardeur de santé, de jeunesse,
L'humide radical se consumoit sans cesse.
Sur le champ, sous le nom d'habiles Medecins,
Il appelle chez luy cinq ou six assassins.
Son mal est au poulmon, s'il faut croire Hipocrate ;
Si l'on croit Galien, c'est plûtôt dans la rate.
Et selon Hipocrate, & selon Galien,
Il est malade enfin pour se porter trop bien ;
C'est à son embompoint qu'il faut qu'on remedie,
C'est la santé qu'on traite, & non la maladie.
Aussi-tòt d'ordonner des refrigeratifs,
D'éteindre de son sang les esprits les plus vifs ;
Ils luy donnent enfin cette couleur livide,
Digne production de leur art homicide.
Tu le trouves à plaindre, & j'en ris tout mon sou ;
Je t'en ay déja dit la raison, il est fou.
Lorsqu'à certain degré la folie est montée,
En vain nous nous flattons de la voir surmontée ;
Sur un mal si bizarre on a beau discourir,
Ce n'est que par la mort qu'un fou se peut guerir.

    Voy ce jeune étourdi, qui court aprés la mode,
Utile à son Marchand, à luy-mème incommode,
En vain, grace à Themis, Avocat, Procureur,
A deux habits par an ont reglé sa fureur ;
A moins de deux par mois il n'oseroit paroître,
Il s'agit de passer pour riche, & non de l'estre ;
Qu'importe que son coffre en soit vuide d'argent,
Et, malgré tant d'éclat, le declare indigent ?
C'est à la seule mode à regler sa dépense :
Il est vray qu'en secret il en fait penitence ;
L'abstinence au tein sec le rend triste, abbatu,

Et le luxe chez luy produit cette vertu.

Mais à laisser ce fou Doralice m'engage,
La mode dans sa tête a fait tant de ravage,
Qu'on ne sçauroit pousser cette fureur plus loin,
Et de mon Ellebore avoir plus de besoin.
En Reyne de Theatre à Paris erigée,
Malgré nos sifflemens toujours plus arrangée,
Elle se plaint encor que la mode tarit:
Pour moy je m'attendois qu'elle perdît l'esprit,
Quand d'une juste loy l'equitable censure
Prit soin de supprimer & bijoux & dorure :
Mais malgré cet Edit, sa fureur dure encor
Et la soye est en droit de la vanger de l'or.
Je ne finirois pont, si j'allois te décrire
Tout ce qui peut icy tomber sous ma Satire :
Il me faudroit, Damon, étaller à tes yeux
l'entêté, le jaloux & le capricieux ;
Joindre le noir Chimiste au Chercheur d'antiquailles,
Qui change sottement ses Loüis en medailles :
Et parcourant de l'œil & la Ville & la Coür,
La Coquette & la Prude auroient aussi leur tour.
Quelle troupe de foux de tout sexe & tout âge
Contre divers écueils viendroit faire naufrage !
Regarde celuy-cy, regarde celle-là ;
L'un tombe dans Carybde, & l'autre dans Sylla :
Mais j'ay beau les chercher avec un soin extrême,
Je laisse le plus fou, Damon, & c'est moy-même,
Qui voyant tous ces gens dépourvus de raison,
Moins raisonnable qu'eux, tente leur guerison.

S A T I R E   I I.

Sur les miseres des Plaideurs.

C'En est donc fait, Straton, *tu ne veux rien entendre ?*
Quels que soient mes conseils, tu ne sçaurois t'y rendre ;
Ennemi declaré de ton propre repos,
Tu veux plaider ? au moins écoute encor deux mots ;

Et qu'un dernier effort d'une amitié sincere
T'arête au premier pas sur le point de le faire.
D'un si brusque dessein connois tout le danger,
Et sonde mieux l'abîme avant de t'y plonger.

Je sçay qu'il t'est fâcheux que ton Tuteur avide
Sur un bien qui t'est dû porte une main perfide ;
Que de vingt mille francs injuste ravisseur
Il en soit à tes yeux tranquille possesseur :
Mais voyant les chagrins où la chicane expose,
Je tiens qu'un bien perdu vaut mieux qu'un gain de cause,
Tu dis que ton procés terminé dans un mois
Sçaura, sans nul chagrin te remettre en tes droits.
Dans un mois ! Je voy bien qu'un Procureur sincere
Déja dans son Etude a jugé ton affaire ;
Et, foy de Procureur, sans doute il t'a promis
De te mettre à couvert des lenteurs de Themis.

Ah que tu connois peu l'esprit de la Chicane !
Et qu'à d'affreux ennuis ton erreur te condamne !
Quel que soit ton procez, on te dira toujours
Qu'une seule Audiance en va finir le cours ;
Et comme au premier pas on craint qu'on ne recule,
Pour la faire avaler on dore la pilule.

D'abord un Avocat, qui, le Code à la main,
De l'affreuse Chicane applanit le chemin,
Designe à sa Partie un Procureur fidele,
Qui sçait à l'interest préferer un beau zele :
Il est riche d'ailleurs, & son bien luy suffit
Pour n'avoir pas besoin d'un injuste profit.
Il est riche ? ah ! j'en tire un sinistre presage.
D'où luy seroient venus tant de biens en partage,
S'il eût toujours pris soin de plaider en fuyant
D'un injuste profit le secours attrayant ?
Mais je veux que le tien, unique en son espece,
Se fasse un point d'honneur de tenir sa promesse ;
Celuy de ta Partie est-il connu de toy ?
N'en imite-t-il pas tant d'autres que je voy,
D'un inique oppresseur soutenant la querelle,
Rendre de leurs procez la durée eternelle ?
Ce sort t'attend, Straton, on a beau te flatter
au bord du precipice où tu vas te jetter.

C'eſt en vain que Themis, que la Chicane opprime,
Du poids de ſes Arreſts veut accabler le crime,
En vain de ſes enfans la redoutable Cour,
Le tonnerre à la main, le pourſuit chaque jour:
Un voile d'equité, qui couvre l'injuſtice,
Leur laiſſe rarement démèler l'artifice:
Pour ſe douter du piege, on ne l'évite pas,
Et les plus éclairez font ſouvent de faux pas.
  Mais pour mieux t'arracher au ſort qui te menace,
Entrons dans un détail de tout ce qui s'y paſſe.
Figure-toy, Straton, un Sergent odieux,
Qu'attire de ton or le ſon harmonieux;
Dans le cœur de l'Hyver, plus barbare qu'un More;
Il devance chez toy le lever de l'Aurore;
Et ſur l'heure introduit, il vient mal à propos
Te donner le bon jour pour troubler ton repos.
Il s'agit ſeulement d'un Exploit qui t'aſſigne;
Tu lis, & ta ſurpriſe augmente à chaque ligne;
Ton Tuteur, que tu crus n'eſtre que deffendeur,
En termes très-exprés s'erige en demandeur;
Et tournant comme il veut le Code & le Digeſte,
Sur un bien uſurpé demande encor ſon reſte.
A ce coup imprévu tu fremis de courroux.
Monſieur, dit le Sergent, filez un peu plus doux;
De tels emportemens la Juſtice s'offenſe;
On vous demande, he bien donnez votre deffenſe;
De le faire au plûtôt mettez-vous en devoir,
Adieu, j'auray demain l'honneur de vous revoir.
Il dit, & ſe retire; & toy qu'un coup ſi rude
A livré tout entier à ton inquietude,
Par d'inutiles ſoins tu veux ſur ton chevet
R'attraper le ſommeil qu'a chaſſé l'indiſcret.
Debout, dit la Chicane: un moment: point de grace;
D'un Tuteur inhumain cours reprimer l'audace,
Et que ton Procureur oppoſe tout de bon
Le Corſaire au Pirate, & Rollet au fripon.
Il faut, au grand regret de ta chair delicate,
D'un lit delicieux abandonner l'oüate;
Et tandis qu'un Laquais fait bon feu de ton bois,
Eſtre dans une Etude à ſouffler ſur tes doigts.

Là ton fier Procureur, d'une voix impofante,
Raffure d'orphelins une troupe tremblante;
Et prenant leur argent dont on veut les priver,
Acheve de les perdre, & feint de les fauver.
Tes plaintes, tes frayeurs ont pour luy mille charmes;
Il fourit, & foudain condamnant tes allarmes,
Quoy, pour un feul Exploit vous pouvez vous troubler!
Dit-il, une chimere, un rien vous fait trembler?
C'eft où je l'attendois, nous en voyons bien d'autres;
Il nous dit fes raifons, nous luy dirons les nôtres.
Je vais à l'artifice oppofer les efforts,
Et donner ma deffenfe en des termes fi forts,
Qu'il fçaura..... Voyez-vous, pour fuivre la Coutume,
Souvent des Avocats nous empruntons la plume:
Mais pour moy je fçay bien m'en paffer quand je veux,
Et j'ofe en défier même les plus fameux.
Allez, & fur mes foins repofez-vous fans peine,
Je vous livre un Arreft en moins d'une femaine.
A propos, j'ay pour vous avancé quelque argent,
Tantôt pour le papier, tantôt pour le Sergent:
Les frais ne font pas gros, c'eft une bagatelle,
Je fuis de vos deniers diftributeur fidelle,
Un Louïs d'or fuffit, j'agis de bonne foy.
En efpece, dis-tu, je ne l'ay pas fur moy;
Mais puifqu'il vous le faut, vous n'avez qu'à le prendre
Sur un double Louïs, c'eft un qu'il m'en faut rendre.
Ma foy de te le rendre il fe gardera bien;
Sçache que telles gens ne rendent jamais rien.
Bon, dit-il, en voicy pour d'autres frais à faire;
Allez, en peu de jours je finis votre affaire.
    A ces mots, de chez luy tu fors fans perdre temps,
Trop heureux d'acheter à beaux deniers comptans
Quelques jours de repos, qui paffent comme une ombre:
Car bien-tôt tu reviens, le front morne, l'air fombre,
Pefter contre un deftin qui ne change jamais:
Ton Tuteur par replique embroüille ton procés,
Et cet Arreft promis en moins d'une femaine,
Ne peut eftre rendu qu'au bout de la quinzaine.
Au moins ton Procureur te le fait efperer:
Straton, des ans entiers tu le verras durer.

La replique t'étonne! elle n'est pas unique ;
Il te faut essuyer & duplique & triplique.
Quoy! déja tu te plains de la vexation,
Et tu n'es pas encore à la production!
   A la fin tu produis, tu vas entrer en danse ;
C'est par là seulement que ton procez commence ;
Car, Straton, jusqu'icy tu n'as que préludé,
On va voir sur quel droit ton procez est fondé.
Il faut, pieces en main, qu'un Instructeur fidelle
D'un pupille oppreßé soutienne la querelle ;
Que tu sçaches par cœur ces grands mots du Palais,
Griefs, Salvations, Contredits, & Delais,
Et pour ce beau jargon donner plus de pistoles
Qu'il ne t'en coûteroit en vingt autres Ecoles.
   Enfin au bout de l'an un Arrest est rendu,
Ton Procureur obtient ce qu'il a pretendu:
D'abord il court chez toy pour te chanter victoire ;
*Mais l'Arrest, par malheur, n'est qu'*interlocutoire,
La teneur sur ce point roule precisément,
On demande en un mot plus d'éclaircißement:
C'est-a-dire qu'on cherche un nouveau labyrinthe,
Pour donner à ta bourse une nouvelle atteinte.
   L'Arrest définitif survient long-temps aprés,
Quand ton coffre épuisé ne fournit plus aux frais.
L'Arrest sur ton Tuteur te donne gain de cause,
Il est vray ; mais la Cour y met certaine clause
Qui rend entre vous deux tous dépens compensez ;
Tu jouïras du fond, encor c'est bien aßez.
Quoy? c'est aßez! dis-tu, le cœur saisi de rage,
On appelle justice un si noir brigandage!
C'est me mettre à l'aumône en me rendant mon bien ;
Puisqu'au prix des dépens le principal n'est rien.
Reçoy ce coup mortel d'une ame plus docile,
Straton, il reste encor la Requeste civile,
Et quatre ou cinq cens francs sont bien-tôt consignez
Pour en voir, s'il se peut, vingt mille d'épargnez.
   Ton Tuteur y viendra, pour peu que tu le preßes ;
Il ira déterrer quelques nouvelles pieces ;
Il soûtiendra qu'à tort l'Arrest fut obtenu ;
Que contre l'Ordonnance il est intervenu.

Qu'il faut, pour faire droit dans une telle affaire,
Enquête par témoins, qu'on a manqué de faire,
Qu'il avoit oublié certains moyens d'appel;
Et du civil enfin venant au criminel,
Il te fera passer pour voleur domestique,
Faussaire, scelerat, & pour peste publique;
Enfin ce que l'enfer enfante de plus noir,
Attens-le de sa rage & de son desespoir.

Aprés cela, Straton, plaide encor si tu l'oses;
Je ne te retiens plus, tu vois où tu t'exposes;
Cette mer où tu cours, toute pleine d'écueils,
Tous les jours sous nos pas creusent mille cercueils.
Tu pâlis à ces mots, & ton ame interdite
Fait lire sur ton front le trouble qui l'agite:
Je te diray pourtant que ma tendre amitié
Combattant ta fureur, t'épargne par pitié,
Et par le bon endroit te fait voir la chicane.
Que sera-ce, Straton, si la Cour te condamne,
Et si par des ressorts qu'on ne sçauroit prévoir,
Tes Juges sont surpris, & prennent blanc pour noir?
A combien de chagrins ne dois-tu pas t'attendre?
Comprens tout ton malheur, si tu le peux comprendre,
Et joins au déplaisir de te voir opprimé,
Le triomphe insultant d'un Tuteur affamé,
Qui venant à tes yeux joüir de ton naufrage,
Sur tes biens decretez porte un affreux ravage;
Et pour comble de maux enfin le deloyal
S'établissant chez toy te loge à l'Hôpital.

J'ay des biens, diras-tu, plus qu'il n'en faut sans doute
Pour prendre un peu plus tard cette funeste route.
Fusses-tu, s'il se peut, plus riche que Cresus,
Tu deviendras, Straton, aussi pauvre qu'Irus;
Themis sçait trop bien l'art de vuider une bourse,
Et des biens en decret sont perdus sans ressource.

Examine le sort du triste Phocion,
Opulent par justice, ou par oppression:
On l'a vû de nos jours brillant dans sa carriere,
Aux plus riches Traitans donner de la poussiere:
Un procez survenu, qu'il méprisa d'abord,
Le reduisit enfin au plus funeste sort.

Je

Je puis encor citer mille exemples tragiques,
Dont Paris tous les ans voit groffir fes Chroniques.
Mais je ferois trop long , & d'ailleurs aujourd'huy
On devient rarement fage aux dépens d'autruy.
Le malheur d'un voifin pour l'autre n'eft qu'un fonge,
Il ne le connoît pas à moins qu'il ne s'y plonge.
Ah ! s'il fçavoit au moins le chemin d'en fortir,
Il pourroit l'éprouver pour s'en mieux garantir:
Mais on achète cher un peu d'experience ;
Et quand tout eft perdu l'on a de la prudence.

Si tu fais quelque cas du confeil d'un ami,
Straton, contente-toy d'eftre fage à demi,
Et du rivage heureux regarde la tempête,
Sans vouloir fottement l'attirer fur ta tête:
Tu peux couler tes jours dans le fein du repos,
Quel demon ennemi te fait chercher les flots?
La foif de trop avoir te deviendroit funefte,
Pour fauver quelques biens tu perdrois tout le refte.
Va, fonge à vivre heureux ; je répons du fuccez
Tant que tu prendras foin d'éviter le procez.

F I N.

Permis d'imprimer , ce 17. May 1701. M. DE VOYER DARGENSON.

C

O D E

SUR L'HEUREUSE CONVALESCENCE
DE MONSEIGNEUR LE DAUPHIN.

*Par Monsieur D * * ***

MUSE, calme ta crainte, & reprens l'esperance;
Que de nouveaux transports animent tes chansons:
Le peril d'un Heros adoré de la France
Déja te demandoit tes plus lugubres sons.
Déja son triste sort faisoit de l'Hipocrene
      Comme une source de douleurs
      Aussi grandes que nos malheurs.
      Déja l'excés de notre peine
      Avoit reduit cette Fontaine
      A changer ses ondes en pleurs.

Notre destin reprend une nouvelle face,
Le Ciel, le juste Ciel vient d'exaucer nos vœux;
En sauvant ce Heros, c'est à nous qu'il fait grace;
Il prolonge des jours qui nous rendent heureux.
Il étoit irrité, nous avions tout à craindre;
      Le plus terrible de ses coups
      Etoit prest à tomber sur nous:
      Helas que nous étions à plaindre!
      Mais nos larmes viennent d'éteindre
      Toute l'ardeur de son courroux.

Que sur nos saints Autels à jamais l'encens fume;
Le foudre suspendu sur le point de partir,
S'il s'éteint par les pleurs, aisément se r'allume
Quand des crimes nouveaux suivent le repentir.
En vain nous l'accusons d'estre peu legitime,
      De se montrer en punissant
      Injuste autant qu'il est puissant.
      C'est pour nous un profond abîme,
      Qu'il soit allumé par le crime,
      Et qu'il tombe sur l'innocent.

Quand les Dieux irritez arment leur bras terrible,
Du choix de leur victime ils font tout occupez ;
Ils cherchent dans nos cœurs l'endroit le plus fenfible ;
Nous en gemiffons même avant d'être frappez.
Pouvoient-ils mieux fur nous exercer leur colere,
  Qu'en dépoüillant ces triftes lieux
  D'un trefor auffi precieux ?
  Aprés fon invincible Pere,
  C'eft l'efperance la plus chere
  De cet Empire glorieux.

Pour en fçavoir le prix , (fi l'on peut le connoître)
Voyons de fes vertus l'affemblage éclatant ;
Apprenant quel il eft , jugeons quel il doit eftre ;
Si nous fommes heureux , même fort nous attend.
Autant que nous l'aimons nous voyons qu'il nous aime ;
  Chaque jour ce vivant flambeau
  Brille de quelque éclat nouveau ;
  Et pour nôtre bonheur fuprême ,
  C'eft Louïs qui s'eft peint luy-même
  Dans un fi fidele tableau.

Faut-il braver la mort pour courir à la gloire ;
Forcer des efcadrons , abattre des remparts ?
Il ne fait que paffer de victoire en victoire ;
Tout tremble , tout fléchit devant fes étendarts.
Mais je fens qu'à fon tour ma Mufe s'intimide ;
  Eft-il d'affez vives couleurs
  Pour peindre la noble chaleur
  Qui brûle cette ame intrepide ?
  Tel étoit autrefois Alcide ,
  Tel eft le Dieu de la valeur.

Dés que l'heureufe paix prés de nous le rappelle,
Les jeux & les plaifirs y viennent avec luy.
Il orne les beaux Arts d'une grace nouvelle ;
Il en eft tout enfemble & l'objet & l'appuy.
Nous devons à luy feul notre chant le plus tendre :
  Rien ne peut mieux nous animer

Que la gloire de le charmer.
Il force les cœurs à se rendre;
En vain on voudroit s'en deffendre,
On ne peut le voir sans l'aimer.

D'un sort si plein d'attraits les éclatantes marques
Réveillent les desirs de nos voisins jaloux;
Ils viennent à ses pieds demander des Monarques
Formez du même Sang qui doit regner sur nous.
Dans leur empressement que chacun les seconde,
Qu'on cherche en ce Sang genereux
Le bonheur qui comble nos vœux;
Il en est la source feconde;
Et s'il regnoit sur tout le monde,
Tout le monde feroit heureux.

Puisse notre bonheur estre à jamais durable,
Pour le rendre constant il faut le meriter:
Par d'immortels honneurs rendons-nous favorable
La main qui nous le donne, & qui peut nous l'ôter.
Dans un dessein si beau que chacun s'interesse;
Réunissons tous nos efforts,
R'animons nos ardens transports,
Et par des vœux pleins de tendresse,
Obtenons que le Ciel nous laisse
Le plus riche de ses tresors.

Nos vœux font exaucez, les destins plus propices
N'ont calmé leur courroux que pour nous rendre heureux.
Ouy, France, tu verras *tes plus cheres delices*
Au gré de tes desirs remplir des jours nombreux:
Ce Sang qui te produit tant de biens, tant de gloire,
Objet de nos vœux les plus doux,
Malgré mille ennemis jaloux,
Ira plus loin qu'on ne peut croire,
Et de même que sa memoire,
S'eternisera parmi nous.

F I N

Permis d'imprimer, ce 10. Avril 1701. M. DE VOYER D'ARGENSON.